Yf 8797

LE THÉATRE

A POITIERS.

LE THÉATRE
A POITIERS

PAR

ÉMILE DE COUGNY,

MEMBRE DE LA SOCIÉTÉ DES ANTIQUAIRES DE L'OUEST.

> Il faut aux enfants des contes de
> fée, et aux hommes des poëmes
> épiques et des opéras.
>
> BERNARDIN DE ST-PIERRE.

POITIERS

IMPRIMERIE DE A. DUPRÉ

RUE DE LA MAIRIE, 10.

1860

J'offre ce petit Recueil à tous ceux qui font de leurs plaisirs une distraction utile.

Il se compose simplement de quatre articles publiés dans le *Journal de la Vienne;* il contient aussi un passage d'une lettre d'ami, et quelques extraits du cahier des charges de la ville d'Angers avec le dirécteur de son théâtre.

Après avoir quitté Poitiers pendant quelque temps, je l'ai trouvé, au retour, moins gai et moins agréable qu'autrefois. J'ai pensé que l'absence d'un bon théâtre pouvait bien y être pour quelque chose.

Alors j'ai essayé d'en définir les défauts et d'en retracer les abus, et j'ai indiqué un remède souverain. Si cela ne doit être qu'une fiction et qu'un rêve, on me pardonnera en faveur de mes bonnes intentions.

Si je réussis, je m'estimerai heureux que mon idée, fécondée par la sympathie publique, ait produit quelque chose de bon et de durable.

E. DE C.

RÉOUVERTURE DU THÉATRE.

5 mai 1860.

Voici venir le jour de la réouverture du théâtre de Poitiers, récemment décoré par les mains habiles du peintre qui a élevé la grande salle de Bordeaux au rang des premières scènes de Paris. Evidemment nous ne serons pas déçus, et chacun applaudira à l'initiative de M. le maire de la ville et au concours éclairé de son conseil.

Déjà nos regards ont pu se fixer agréablement sur un rideau tout neuf; nous admirerons infailliblement la salle; mais, après cet hommage rendu, que verrons-nous? A Dieu ne plaise que nous y trouvions encore le faible répertoire des années précédentes!

Toutefois personne n'a pu oublier les beaux jours du théâtre de Poitiers, sous la direction de MM. Combettes et Dubuisson, qui, livrés pour ainsi dire à leurs propres forces, ont monté avec soin et avec succès de charmants opéras comiques. On se souvient encore de cette troupe de Paul-Ernest, dont chaque acteur et chaque pièce nous apportaient un parfum du Gymnase, de Mlle Rose Cizos surtout, depuis Mme Rose Chéri, une des gloires de la scène française, qui faisait ici ses premiers essais dans l'art dramatique.

C'est un souvenir, et c'est un regret. Peu de fêtes, peu de plaisirs viennent tempérer l'amertume de ce regret véritable, car on n'est pas gâté à Poitiers. Je sais qu'il y a des courses de chevaux plus subventionnées, plus éclatantes que jadis;

mais elles ont leurs jours de pluie : le mois de mai ne tient pas toujours ce qu'il promet.

Je sais qu'il y a une Société philharmonique aussi qui est sortie de ses cendres, comme le phénix, plus brillante que jamais, avec une organisation nouvelle, avec un règlement strictement observé. Mais cet aréopage musical ne donne que très-rarement des représentations pour tout le monde (*apparent rari*). En outre, ses archets sont muets pendant bien long-temps, l'harmonie de ses sons est suspendue comme autrefois, et ses mélodies ne se font pas toujours entendre.

C'est fort regrettable vraiment; mais il faut un repos à toute chose; le zèle même, le dévoûment à toute épreuve ne peut pas se soustraire à cette grande loi de la nature.

Le théâtre viendrait détruire cette lacune, réparer cette insuf-fisance.........

Mais, dira-t-on, les dames ne vont pas au théâtre. Je le crois bien, et je les en félicite : qu'iraient-elles y voir, y en-tendre, s'il vous plaît? un répertoire de pièces à grossières équivoques, des drames dont la couleur littéraire est nulle et le sens moral détestable. L'étudiant, qui, d'ordinaire, n'est pas prude, a peine à les supporter, et ce n'est que par désœu-vrement qu'il y va.

Que la réforme soit radicale; alors le théâtre présentera le triple prestige d'une scène attrayante par le mérite de la troupe, par le choix des pièces, et par l'aspect des loges bril-lamment occupées. Alors nous applaudirons de tout notre cœur, et nous dirons avec le Desgenest du vaudeville : « Place » aux femmes honnêtes ! » qui entrent au théâtre.

« Le théâtre, » a dit la Harpe, « grave en nous de grandes et » utiles vérités avec le burin de la poésie. » Le théâtre, de nos jours, a étendu son domaine suivant les temps et les mœurs. Sorti des règles prescrites par Boileau, il a franchi les limites des trois unités classiques. Est-ce à raison, est-ce à tort? Je ne juge pas la question ; mais toujours est-il que le drame émeut dans un sens bon ou mauvais, que la comédie stigmatise les ridicules, que le vaudeville amuse. L'alliance heureuse du poëme et de la musique nous a donné et nous donne les partitions d'opéras......

Sans prétendre aux représentations de l'ordre le plus élevé, l'organisation d'un opéra comique doit être le rêve et le but de quiconque veut une scène dans une ville de province, entremêlé parfois de vaudevilles, de proverbes, en un mot de pièces bien choisies.

Angers, cette ville distinguée par excellence, a son théâtre monté pour l'opéra comique. En présence du goût artistique qui anime les habitants de cette brillante cité, l'administration municipale n'a pas hésité à subventionner de 18,000 francs le directeur privilégié de son théâtre. C'est bien là le point de départ d'une amélioration, quelle qu'elle soit. D'ailleurs c'est un prêt à usure : car la ville y gagne en agréments, s'élève au rang d'une grande cité, et partant reste plus habitée.

Notre ville s'embellit chaque jour : on la repave, ce qui n'est pas du luxe, on la blanchit, et j'ai remarqué même quelques petits coins malencontreusement jaunis; peu importe après tout ; cela dénote de bonnes intentions.

Un nouvel et généreux effort peut nous faire sortir du programme des bonnes intentions. La décoration de notre salle ne sera qu'une œuvre inachevée, si des acteurs, de vrais acteurs, bien subventionnés, qui pourront vivre et s'habiller pour être en harmonie avec leurs rôles, ne viennent pas s'y faire entendre et applaudir.

Nous qui connaissons un peu Poitiers depuis assez longtemps, nous sommes convaincu que dans cette circonstance, pour le sûr, « vouloir c'est pouvoir. »

II

LE THÉATRE.

UN MOT SUR LES FÊTES : CONCOURS RÉGIONAL ET CONCERT DE L'ASSOCIATION DE L'OUEST.

23 mai 1860.

Au milieu du concert de louanges prodiguées aux fêtes qui viennent d'avoir lieu à Poitiers, il est bon de ne pas oublier notre théâtre, la seule chose qui ne doive pas être à l'état de souvenir ; la seule chose qui nous reste, pour ainsi dire, après ces apparitions éphémères.

Les fêtes qui viennent de se dérouler à nos regards prêtent à une ville un aspect en quelque sorte fantastique et singulier : elles reviennent de loin en loin, périodiquement, avec un succès certain, entourées de tous les prestiges de l'art ; elles disparaissent aussi comme ces brillants météores, laissant le besoin de se recueillir, parce qu'elles gravent des impressions profondes ; et, pareilles à ce navire fugitif regretté du rivage, leur retour est acclamé à l'avance....

Et pourtant, quelle distance nous sépare du départ et du retour ! c'est presque un abîme, et l'on vous dit alors : souvenez-vous... Certes le souvenir est bon ; mais il faut accorder quelque mérite au présent, à la réalité.

Pour chacun à peu près, les moments étaient comptés, dans cette série de plaisirs, de fêtes d'un charme très-grand, d'opérations et d'épreuves d'une utilité pratique incontestable.

Cependant, chaque soir de représentation, le théâtre a vu une assistance nombreuse et quelques belles réunions. Il a présenté, il est vrai, grâce aux soins intelligents de son directeur, grâce au choix plus convenable du répertoire, un attrait tout nouveau. Nous avons remarqué quelques pièces d'un mérite reconnu, telles que *la Joie de la Maison*, *le Gendre de M. Poirier*, *le Feu au Couvent*, interprétées, malgré les difficultés réelles, avec un rare bonheur.

M. Vaslin possède dans sa troupe quelques vrais artistes, notamment M. Albert, cet acteur de bon aloi et infatigable, qui aborde tous les rôles, se plie volontiers à toutes les circonstances, et qui a conquis depuis longtemps la certitude d'être toujours agréable; puis vient une nouvelle artiste, Mlle Meyronnet, gracieuse et charmante dans *le Feu au Couvent*, remarquable d'ingénuité, de talent même dans la *Joie de la Maison;* enfin quelques autres bons acteurs que je n'ai pas pour but d'énumérer ici.

L'éloge, pas plus que le blâme, ne doit être systématique : il faut apporter dans toute appréciation cette impartialité qui fait rechercher le but utile et pratique. Sur la scène, comme dans la vie réelle, on doit vouloir les choses possibles. Or, le possible au théâtre pour une troupe purement dramatique, c'est le choix d'un bon répertoire : on trouve, en effet, des pièces en puisant dans ce nombre infini d'auteurs tant anciens que modernes. Mais l'exécution n'offre pas le même privilége de réussite : c'est là qu'est le danger, l'écueil. Comment veut-on que chaque soir de représentation des acteurs jouent des pièces nouvelles, par exemple, prises tant au Vaudeville qu'au Gymnase, voire même à la Comédie-Française ? Quelle mémoire pourrait suffire? quel talent pourrait créer ces rôles joués avec une exquise perfection sur les différentes scènes de Paris ? Ceci est un tour de force pour l'acteur.

A côté de cette difficulté réelle, de cette impossibilité, pour parler plus vrai, le public a des exigences, et, comme un enfant gâté, il demande toujours *du nouveau!*

En voici, sans doute, la raison : l'action théâtrale comique ou dramatique, écrite en vers ou en prose, saisit immédiatement l'esprit, le satisfait plus ou moins, et il ne lui est permis que très-rarement de renouveler la même impression et la même jouissance. Alors, pour répondre à ce besoin d'émotions nouvelles, la scène fait appel à d'autres créations, et tombe ainsi dans la trivialité.

Dans l'opéra, au contraire, l'action dramatique, la fable, en un mot, disparaît, pour ainsi dire, ou ne joue qu'un rôle secondaire, tandis que la pensée majeure et dominante est réservée à la partition. Alors l'entraînement lyrique prend un empire absolu, et la bonne musique, puisée à l'ancien comme au nouveau répertoire, et surtout au premier, s'entend toujours avec une incessante satisfaction.

« La musique, a écrit Châteaubriand, est sœur de la poésie, et contient en soi la ressemblance du beau. » Le secret est dans ce mot profondément vrai. La musique est l'expression de l'idéal pour beaucoup, et en même temps elle est le langage qui parle à tous ; la musique plaît et enlève, et cela à Poitiers comme partout : ce sentiment est universel.

Qui ne se souvient de ce récent enthousiasme dans cette salle même où le congrès musical avait réuni toutes les splendeurs de l'art, les grands maîtres si vantés et des gloires acquises! N'a-t-on pas applaudi avec frénésie MM. Dorus, Tolbecque, Leroy, Halary, Triebert et Jancourt? N'a-t-on pas rendu hommage aux talents de M. Lobstein, notre habile pianiste, et de M. Émile Lévêque, cet enfant de Poitiers? N'a-t-on pas entendu avec ravissement Mlle François, à la voix vibrante et sympathique, et M. Jourdan, ce ténor gracieux

2

qui donne son talent sans réserve? M. Bataille enfin, ce grand professeur du Conservatoire, avare des dons qui lui ont été si largement départis, et qui n'a été, au concert, n'en déplaise à quelqu'un, que la parodie de lui-même, n'a-t-il pas eu une part immense dans les applaudissements et dans les éloges?

N'est-ce pas là la preuve péremptoire que ce que nous disons est vrai : on aime la musique à Poitiers, et on l'aime non-seulement dans des circonstances exceptionnelles, et avec des exécutants d'élite, mais aussi dans l'orphéon qui paraît à toutes nos fêtes publiques et même privées, l'orphéon qui a cueilli ailleurs des lauriers mérités; l'orphéon enfin, cette institution populaire qui propage partout la musique comme une séve utile et féconde?

Il est donc incontestable qu'on priserait beaucoup une scène organisée pour des représentations d'opéras comiques, même dans des conditions ordinaires.

Nous dira-t-on encore qu'on ne va pas au théâtre à Poitiers, que les loges sont vides? Il ne fallait pas en franchir le seuil ces jours passés, pour conserver une telle conviction. J'entends encore dire que peu de *dames* y vont. Mais quand elles n'iraient pas, quelques-unes du moins, par des motifs que je respecte profondément, prend-on pour rien cette autre portion du public, les étudiants des diverses écoles, les officiers, les hommes appartenant à toutes les positions? Est-ce qu'un tel public ne mérite pas qu'on lui donne un spectacle digne de lui?

Je reviens donc à ma première conclusion, qui a été accueillie avec quelque bienveillance; et je suis, j'ose le croire, l'organe de plus d'un sentiment, l'interprète de plus d'une exigence.

Mais qui veut la fin veut les moyens; l'accomplissement d'un projet a sa logique comme la pensée. A Poitiers, comme dans toute ville de province, vous n'aurez pas d'opéra comique sans une bonne subvention allouée à un directeur judicieux, qui en ferait une juste répartition entre les sujets de sa troupe et parmi les artistes de l'orchestre.

D'ailleurs, nous le répétons, c'est un prêt à usure pour ceux qui comptent. Et quand ce ne serait qu'une libéralité, n'est-ce pas un plaisir souverain, pour ceux qui aiment les belles et bonnes choses, de trouver la récompense à côté du bienfait?

Eh bien! nous espérons, dans un temps rapproché, voir se réaliser un projet que nous avons exprimé dans un intérêt commun. Ce ne sera pas un vœu stérile; car, suivant le proverbe, « la raison tôt ou tard finit toujours par avoir raison. »

LE DRAME.

19 juin 1860.

Un bruit, un propos circulait à travers la ville, ces jours derniers, à savoir qu'une troupe d'opéra comique se disposait à
venir donner à Poitiers des représentations pendant un mois.
Cette troupe aurait quitté momentanément Limoges pour passer
ici le mois de juin ou de juillet.

Il ne faut voir dans cette nouvelle qu'une légitime préoccu-
pation, de la part du public, de la réorganisation du théâtre,
que nous n'avons pas craint d'aborder et de solliciter. Nous
n'y voyons, quant à nous, que l'expression d'un vœu général
et l'espoir de la réalisation d'un projet qui sourit à beaucoup,
n'en doutons pas.

Cependant ce petit événement théâtral ne pourrait amener
aucun heureux résultat. Partout la saison est défavorable pour
les représentations de théâtre : on quitte la ville pour la cam-
pagne ou pour les eaux, et ceux qui demeurent préfèrent avec
raison, par les belles soirées d'été, la promenade de notre
charmant Blossac ou du boulevard animé de la gare, et quelques excursions en barque sur le Clain, ce petit fleuve au cours
sinueux et varié comme l'imagination même.

Mais, a-t-on dit, « c'est un ballon d'essai. » Pourquoi ces
tentatives, quand un projet élaboré avec des intentions favo-
rables, présenté sous de bons auspices, peut être sûr d'une
réussite complète?... Et puis, après tout, je n'aime pas les
ballons d'essai.

Eh bien! puisque l'opinion publique a commenté cette pensée, bien qu'elle ne soit pas comprise parmi les *améliorations et créations* exposées dans le *Journal de la Vienne* du 14 courant, dans un article qui commence par ces mots : « *L'administration municipale,* » article qui n'est pas officiel, je ne crains pas de revenir sur cette question, et j'irai plus loin que dans mes premières appréciations.

Je pose tout d'abord et nettement ce dilemme : Il faut fermer le théâtre, ou le transformer, le réhabiliter.

Si on le ferme, qu'on lui donne une destination quelconque : qu'il soit gardé avec soin pour certaines loteries et pour les concerts de l'Association musicale de l'Ouest, tous les cinq ans. Ce ne sera pas récréatif, j'en conviens; mais il vaut mieux le bien et le beau, ne serait-ce que rarement, que le faible, le médiocre, le mauvais, toujours.

Si, au contraire, on laisse la scène à sa destination naturelle, il lui faut une réforme; je dis plus, une réhabilitation; car depuis plusieurs années, et sous plus d'une direction, elle a été l'asile et le réceptacle de toutes ces pièces qui font trop souvent l'aliment des derniers théâtres des boulevards de Paris et de la banlieue.

Et cependant ces spectacles se sont donnés à Poitiers, l'antique cité universitaire, dépositaire de la science et du goût des lettres.

Ce ne peut être assurément que par le fait d'une inconcevable indifférence, de cette indifférence qui dénoterait, en se perpétuant, que le désir du progrès (ce qui n'est pas) résiderait bien plus apparemment dans l'amélioration des choses matérielles que des choses de l'ordre moral.

C'est pourquoi on vient préconiser les avantages des marchés publics couverts, des boulevards continués, des machines auxiliaires à l'établissement hydraulique, des squares projetés, des

jardins botaniques. On peut noter encore comme fait accompli
la restauration même de la salle de spectacle : c'est un progrès
matériel.

Toutes ces grandes choses sont, à coup sûr, dignes d'encou-
ragements et d'éloges ; nous en sommes les ardents partisans,
et elles reçoivent toute notre approbation.

Mais d'où vient cette négligence marquée en matière de
répertoire de théâtre, et au sujet de la valeur et de la position
des comédiens et des artistes ?

On a bien fini par prendre au sérieux les courses de chevaux, qui ont désormais acquis le droit de cité, et qui ne sont
pourtant qu'un plaisir passager et tout spécial ; elles sont gran-
dement subventionnées aujourd'hui ; et ce ne sera certes pas
moi qui en contesterai l'utilité et même l'importance.

Je ne parlerai qu'avec respect de la Société philharmonique,
qui est traitée avec toute la faveur dont elle est digne ; elle possède une salle parfaitement appropriée. Rien de mieux, puisqu'elle semble seule conserver le feu sacré de l'art musical, dont
elle est l'incorruptible sanctuaire.

Pourquoi le théâtre, auquel il ne manque plus que le renou-
vellement de son mobilier pour répondre à l'ornementation dé-
licate de ses loges et à la fraîche coquetterie de son ensemble,
pourquoi ne serait-il pas l'objet d'une sérieuse et bienveillante
attention de la part de l'administration municipale ?

Si cette louable et généreuse initiative vient à faire défaut,
alors on verra sans doute jouer encore ces pièces en beaucoup
d'actes, à un nombre indéfini de tableaux, ces drames touchant
tant au roman qu'à l'histoire, et qui ne sont ni l'un ni l'autre,
ces fables singulières manquant de toute couleur littéraire,
telles enfin que ces compositions sont émanées de l'école mo-
derne, de *l'école romantique.*

Cette école, si grande quand elle a fleuri sous l'inspiration de ses plus illustres propagateurs, de ses plus célèbres apôtres, a faibli complétement dans ceux qui n'ont été que des imitateurs. Le génie possède, outre la faculté créatrice, ce prestige particulier de ne pouvoir être atteint, sur les hauteurs où il s'élève; et, à moins d'être égal à lui-même, il faut savoir se contenter du sentiment d'admiration qu'il inspire.

Il y a dans ce genre de grandes figures littéraires et des noms glorieux.

Les classiques toutefois ne disent peut-être pas sans raison que *le romantisme est un défaut en littérature*. Un motif puissant justifie cette définition : c'est que l'affranchissement de certaines règles littéraires a produit de bien nombreuses défaillances.

Cette décadence se manifeste surtout dans l'art dramatique, et encore plus dans le drame contemporain.

Il est difficile, j'en conviens, de lui appliquer les préceptes de Boileau, la sévère et pure doctrine à laquelle ont appartenu les Corneille, les Racine, les Molière, etc. :

« Qu'en un lieu, qu'en un jour, un seul fait accompli
» Tienne jusqu'à la fin le théâtre rempli. »

La tragédie, si monumentale dans le genre classique, s'assouplit mieux à ces préceptes avec son merveilleux mythologique, et par-dessus tout à cause des grands génies qui lui ont imprimé des formes et une langue sublime.

Le drame donc peut être moins classique, moins littéraire; mais doit-il se dispenser de ne pas tronquer l'histoire à ce point qu'il n'est plus possible de la reconnaître sous un tel travestissement? Qu'on passe au drame sorti d'un bon roman de n'être qu'une mauvaise pièce; mais pourquoi lui permettre de dénaturer l'histoire?

Il y a deux choses essentiellement respectables, ce me semble : c'est l'histoire de son pays et sa littérature. Pourrait-on bien s'en faire une idée vraie, saine, avec les inspirations de certains dramaturges ? Tels ne sont pas les enseignements donnés dans les différents colléges et les lycées de France et dans ses brillantes facultés ; du moins ce ne sont pas les principes que nous y avons recueillis.

Que ceux qui ont le goût littéraire, qui ont une connaissance suffisante de l'histoire, n'aient rien à perdre aux détestables leçons du drame et n'aient qu'à souffrir à de telles représentations, il n'en est pas de même de ceux qui n'ont que des notions incomplètes, ou que des nécessités de position ont éloignés de toute étude. Le théâtre est une école vivante et récréative, et il arrive très-souvent que ce sont ceux qui ne savent rien qui se montrent le plus avides des émotions guettées des places secondaires d'une salle de spectacle.

Quant au point de vue moral, il n'est pas moins funeste : le sens philosophique de ces pièces est pitoyable ; le dialogue est d'un cynisme éhonté ; l'intrigue est souillée de honteux instincts, et le vice y trouve une apologie.

J'aime mieux ce poëte contemporain qui prévient son lecteur au début d'une ode d'un lyrisme échevelé, en lui disant (1) :

> « Moi qui ne suis pas prude et qui n'ai pas de gaze
> Ni de feuille de vigne à coller à ma phrase,
> Je ne passerai rien. Les dames qui liront
> Cette histoire morale auront de l'indulgence
> Pour quelques chauds détails ; les plus sages, je pense,
> Les verront sans rougir, et les autres crieront.
> D'ailleurs, et j'en préviens les mères de familles,

(1) M. Théophile Gautier.

Ce que j'écris n'est pas pour les petites filles
Dont on coupe le pain en tartines.—Mes vers
Sont des vers de jeune homme , et non, etc... »

Les vers qui suivent, en effet, sont d'un poëte à l'imagination ardente et fiévreuse ; ils ne doivent faire la lecture que d'un petit nombre, et ce livre ne peut pas être ouvert à tous les regards.

Mais l'auteur de l'un de ces drames que nous signalions à l'instant annonce son œuvre par de pompeuses affiches , souvent par un titre trompeur qui en cache la nudité révoltante ; et le soir où il doit être représenté, les portes du théâtre s'ouvrent à deux battants.

Alors chacun, petits comme grands , femmes et hommes , jeunes et vieux, peuvent aller entendre et peut-être applaudir des obscénités.

Il y a loin de ces compositions déclamatoires et sans pudeur à ces pièces mixtes, tenant tant du drame que de la comédie, où réside le bon goût, telles que, par exemple : la Jeunesse , Philiberte, les Jeunes Gens , la Fiammina , le Demi-Monde , la Tentation , le Duc Job et tant d'autres , qui ont obtenu, de nos jours, des succès mérités.

Il y a loin , surtout, de ces pièces aux représentations d'opéra comique, comme la Dame Blanche, le Chalet , etc., etc., qui laissent toujours une douce impression et conservent un charme inouï.

L'opéra comique est la base de la réforme que nous demandons ; nous l'avons présenté, dans deux précédents articles , comme le principe vital, la question d'avenir pour un théâtre de province.

Je me souviens, il y a de cela plusieurs années : M. Dubuisson , alors directeur du théâtre de Poitiers , fit monter avec soin le Val d'Andore : cet opéra, qui peut n'être que de deuxième ou troisième ordre, fut joué six fois de suite par les seuls artistes de la troupe, et, chaque soir , la salle était comble et retentissait d'applaudissements. Je défie que l'on puisse dire le contraire ; chacun peut faire appel au même souvenir. C'est un fait ; or un fait ne se démontre pas, il s'expose , et, dans ce cas , il est concluant en faveur de la réorganisation théâtrale comme nous la comprenons.

Aujourd'hui , notre ville a cet agrément de moins , et quoi qu'en puissent dire les adversaires de théâtre , c'est quelque chose. Une ville ne gagne rien à ne pas offrir des plaisirs et des distractions soit à ses habitants , soit aux voyageurs qui la visitent. C'est un charmant stratagème pour retenir les uns et pour donner l'hospitalité aux autres.

Quant à moi , je préfère la villégiature complète à ces villes de province mornes et tristes.

Ce n'est pas parce qu'on « *gratte , on peint, on badigeonne,* » on y met de l'amour-propre, de l'émulation même, et les » romanciers n'écriront plus , comme l'a fait Jules Sandeau : » *Poitiers est un cloître,* tant Poitiers a pu paraître sombre et » quelque chose de pis encore (1). »

Il vaudrait mieux , selon nous , que l'on grattât un peu moins certains portiques auxquels leur caractère et leur teinte de vétusté vont à merveille , et ce n'est certes pas le *badigeonnage* qui fera mentir le mot de Jules Sandeau.

D'ailleurs, depuis quand l'utile exclut-il l'agréable ? depuis quand les institutions mondaines détruisent-elles les institutions religieuses ? et pourquoi, sous ce beau ciel de France, les sentiments profanes et religieux , quand ils ne sortent pas l'un et l'autre des limites du convenable , du bien et du vrai, ne pourraient-ils pas vivre et se propager ? Seulement il ne faut d'absorption d'aucun côté.

(1) *Journal de la Vienne* du 14 juin.

Un bon théâtre, c'est l'ornement d'une ville, c'est la distraction du soir pour les natures les plus sérieuses; il repose l'esprit, entretient l'imagination avec l'art et le goût.

Les salons de ceux qui ont la bienveillance de recevoir ne sont pas toujours ouverts; il y a des jours et des saisons de repos.

Mais, dira-t-on, une ville a des cercles, des clubs plus ou moins confortables, où l'on trouve toujours des journaux et des jeux. Je sais qu'il est bien porté d'être d'un cercle.

Toutefois il ne faut pas trop en abuser. L'habitude trop fréquente des clubs peut bien produire à la longue quelque vide dans l'intérieur et au foyer de la famille.

Je ne me permettrai pas néanmoins de faire le procès des cercles; ils donnent lieu au contact des hommes entre eux, toujours très-profitable, et puis c'est un goût pour beaucoup; chacun suit le penchant qui l'entraîne : « *Trahit sua quemque voluptas.* »

Il ne faut pas encore cependant en faire la récréation principale et l'agrément exclusif, car cette ressource peut quelquefois faire défaut; les cercles sont soumis à certaines éventualités.

Le théâtre, au contraire, pris à un point de vue élevé, ne peut exercer qu'une bonne et souveraine influence; deux ou trois fois par semaine, ce sont d'agréables soirées prises après les occupations quelquefois monotones de la vie.

Je me suis rencontré ici même dans les loges avec des gens graves qui se plaignaient de l'infériorité du spectacle; je leur dis aujourd'hui tout haut ce que je leur disais tout bas : Usez de votre crédit pour en provoquer l'amélioration immédiate; soyez notre auxiliaire pour le faire établir dans de bonnes conditions.

ORGANISATION ET MOYENS PRATIQUES.

25 juin 1860.

Substituer aux mauvais drames des opéras comiques, tel est le but que nous nous sommes proposé, tel est le remède souverain pour faire un bon théâtre à Poitiers; on y mêlera, bien entendu, comme accessoire important, et ainsi que nous l'avons déjà dit, des pièces destinées à rompre l'uniformité, nuisible en toute chose : ce seront, par exemple, des vaudevilles, des proverbes, des comédies, et aussi des pièces mixtes d'un bon choix.

Cette substitution, cette organisation nouvelle, ne peut évidemment que convenir et plaire au public le plus lettré et du meilleur ton; mais elle séduira aussi ce public pour lequel il est reçu qu'on doive jouer des drames à grands effets le dimanche : certes cette consécration est digne de tous les suffrages.

« L'homme, a écrit quelque part Montesquieu, naît dans la société, et il y reste. » De là des droits et des devoirs; telle est, quoi qu'on en ait pu dire, l'inévitable conséquence de l'homme en société. Eh bien ! faut-il que ce soient précisément ceux dont le devoir est le plus pénible à remplir, qui reçoivent les pires leçons?

L'empire de l'organisation scénique qui reçoit ici toute notre préférence s'exercera donc sur tout le public, quel qu'il soit, et le vrai motif, je le trouve, comme je l'ai déjà exprimé, dans l'Orphéon, qui est d'origine populaire. Il est évident que tous

3

les hommes qui font partie de cette institution , éminemment utile et sociale, détestent eux aussi le drame, qui fait l'objet de notre dégoût, et que ce sentiment est à la veille de se répandre dans la classe de la société où sont recrutés les orphéonistes.

Cette démonstration est acceptée, j'en suis certain ; mais celle-ci le sera-t-elle autant, à savoir : qu'il n'y a rien de possible sans une subvention annuelle d'au moins vingt mille francs de la part de l'administration municipale ?

Pourquoi cette subvention ne serait-elle pas accordée? Il est vaste le champ ouvert aux conjectures qui sembleraient motiver un tel refus : quant à moi, je n'en ferai aucune : elles tourneraient contre ceux qui sont les dispensateurs des trésors de la ville. Je ne me charge pas de ce rôle, et j'aime mieux me reposer sur la douce espérance qu'il y aura unanimité dans un vote aussi opportun, aussi bien placé. Ce vote serait évidemment utile et profitable à tous les habitants, même à ceux qui ne fréquentent pas les théâtres, car il y a une sorte de solidarité, de responsabilité qui incombent à tous, à cause du bien ou du mal qu'en reçoit la morale publique. Ainsi je ne puis trouver d'objection dans la bouche ou sous la plume de qui que ce soit.

Cette subvention ne profiterait-elle pas aussi à cette classe de gens qui ne sont pas, après tout, des parias dans la société, à ces acteurs qui se trouvent ainsi condamnés à se consacrer, toute une longue soirée, à débiter de folles, stupides et souvent odieuses déclamations pour gagner les suffrages du parterre ou du dernier échelon du théâtre?

Mais, dira-t-on, pourquoi le font-ils? — Pourquoi? parce qu'il faut qu'ils vivent de leur métier, et puisqu'il faut absolument ces sortes de spectacles pour amuser la foule, alors la nécessité les oblige à accepter ces emplois déplorables.

Croit-on qu'ils ne seraient pas bien aises, eux aussi, de

consacrer leur imagination, leur talent, à d'autres émotions, à d'autres interprétations, si leur public ne semblait pas le leur demander? Une telle subvention serait donc un double marchepied vers le bien.

Que faut-il de plus? Dire que pour une ville vingt mille francs ne sont rien, et sont d'autant moins, que la nôtre brille par l'absence de toutes dettes; et quand elle en aurait, je n'irai pas jusqu'à dire que plus une ville a de dettes, plus elle est riche; mais je dirai qu'une dépense bien appliquée est une source de richesses, car enfin, à mesure que la population se tient dans son enceinte, plus ses octrois brillent de recettes abondantes.

Je puis ajouter même, et je suis l'écho discret de bien des gens, que, si l'administration entre dans cette combinaison et dans cette voie d'amélioration, il lui en sera tenu compte dans un temps donné, et qui ne manque pas d'intérêt pour quelques-uns.

Au commencement de ce petit recueil, j'ai cité Angers comme exemple de ville subventionnant le directeur de son théâtre.

J'ai cité cette ville parce que je lui trouve quelque analogie avec Poitiers, et puis j'y ai passé quelques années de jeunesse, du moins des années de collège, et un ami de ce bon temps-là, un Angevin d'origine, m'adresse quelques renseignements.

Qu'on me permette de citer un passage de sa lettre:

« Je ne puis mieux faire pour vous renseigner, me dit-il, » sur le théâtre d'Angers, que de vous adresser le cahier des » charges imposées par la ville au directeur. »

Puis il ajoute:

« Le directeur ne nous doit que six mois d'opéra; son inté-» rêt le porte à nous en donner huit. Très-souvent nous avons » des acteurs de Paris en représentation.

» Hier c'étaient M. Bressant et Mme Arnould-Plessis ; avant,
» c'était Lesueur. Nous avons eu Roger bien des fois, et cette
» année encore, depuis son accident. Bref, notre théâtre est
» un des meilleurs de ceux de province, Lyon, Bordeaux,
» Rouen et autres villes de premier ordre exceptées. Le goût
» de cette distraction s'est tellement répandu, que notre salle
» est devenue trop exiguë. Il arrive à chaque instant que le di-
» recteur est obligé de refuser du monde. »

Cet exemple ne peut pas être mauvais à suivre : Angers jouit d'une réputation remarquable de bon ton et de savoir-faire. On dira peut-être qu'Angers est plus grande ville, plus peuplée. C'est vrai, comme population fixe ; mais il n'y a pas, comme à Poitiers, un quartier de cavalerie, une école de droit et des facultés des sciences et des lettres.

J'ouvre le cahier des charges que j'ai sous les yeux, et je dois, pour achever mon œuvre, en citer quelques articles :

« ARTICLE PREMIER.

» La salle est concédée gratuitement au directeur, ainsi que
» le mobilier, qui appartient à la ville.

» ART. 18.

» Les jours de représentation, pendant l'hiver, le directeur
» fera chauffer convenablement la salle et ses dépendances au
» moyen des calorifères établis.

» Il veillera à ce que l'éclairage soit suffisant dans toutes les
» parties de la salle où le public est admis.

» Art. 29.

» En considération des obligations imposées au directeur par
» le présent cahier des charges, et sous la condition expresse
» qu'il en remplira loyalement toutes les clauses, la ville lui
» accorde une subvention annuelle de dix-huit mille francs.
(Cette subvention a été depuis réduite à quinze mille francs.)

» Art. 30.

» Le théâtre devra s'ouvrir chaque année du 1er au 3 octobre,
» et les représentations devront continuer jusqu'au 15 juin sui-
» vant, sans autre interruption que du lundi de la semaine
» sainte au dimanche de Pâques inclusivement.
» De plus, un certain nombre de représentations devront
» être données à l'époque des courses d'Angers, de manière
» à compléter un nombre total d'au moins cent représen-
» tations.

» Art. 32.

» A la fin de chaque semaine, le directeur devra, sous peine
» de 20 fr. d'amende, remettre à la mairie le répertoire des
» pièces qui devront être représentées pendant la semaine sui-
» vante.

» Art. 33.

» Il devra être donné trois représentations par semaine,
» abonnement courant, les dimanche, mardi et jeudi. »
Puis suivent le nombre des places, qui sont de 905, et leur
prix, qui est déterminé.

« Art. 45.

» Quinze jours au moins avant l'ouverture du théâtre, le di-
» recteur devra remettre à l'administration municipale le ta-
» bleau complet de sa troupe, avec un état certifié des appoin-
» tements de tous ses pensionnaires.

» Art. 46.

» Il devra également, quinze jours avant le commencement
» des représentations d'opéra, remettre à la mairie l'état indi-
» quant la composition de son orchestre, accompagné d'une
» copie certifiée de l'acte d'engagement de chacun des musi-
» ciens indiquant exactement le chiffre des appointements
» accordés.

Art. 47.

» La troupe de comédie, qui devra rester attachée au théâtre
» depuis le 1er octobre jusqu'au 15 juin, sera composée au mi-
» nimum ainsi qu'il suit :

» *Hommes.*

» 1o Premier rôle en tous genres ;
» 2o Jeune premier rôle ;
» 3o Premier amoureux ;
» 4o Deuxième amoureux, des premiers ;
» 5o Deuxième rôle, troisième, raisonneur ;

» 6º Financier, père noble ;

» 7º Premier comique en tous genres ;

» 8º Deuxième comique en tous genres ;

» 9º Premier comique marqué, grimes ;

» 10º Rôles de convenance ;

» 11º et 12º Utilités grande et ordinaire.

» *Femmes.*

» 1º Premier rôle en tous genres ;

» 2º Jeune première ;

» 3º Première amoureuse ;

» 4º Deuxième amoureuse, des premières ;

» 5º Soubrette, Déjazet ;

» 6º Première ingénuité ;

» 7º Première duègne, mère noble ;

» 8º Deuxième duègne ;

» 9º et 10º Utilités grande et ordinaire.

» ART. 47.

» La troupe d'opéra devra être ainsi composée au minimum
» pour six mois entiers :

» *Hommes.*

» 1º Premier ténor ;

» 2º Deuxième ténor.

» 3º Baryton, Martin ;

» 4º Ténor comique, trial ;

» 5º Taille comique, Laruette ;

» 6º Première basse ;

» 7º Deuxième basse.

» *Femmes.*

» 1º Première chanteuse légère ;

» 2º Deuxième chanteuse ;

» 3º Première Dugazon ;

» 4º Deuxième Dugazon ;

» 5º Mère Dugazon, duègne ;

» Quatre basses, quatre premiers soprani, quatre seconds
» soprani. »

Puis vient l'épreuve des débuts, qui sont soumis à des formalités qu'il serait trop long d'énumérer.

» Art. 53.

» Les artistes engagés pour remplir à la fois, dans la comédie
» et dans l'opéra, deux emplois pour chacun desquels les
» débuts sont obligatoires, devront en subir séparément les
» épreuves, et ils seront soumis, pour chacun d'eux, à la for-
» malité de la réception.

» ART. 56.

» Si les deux troupes de comédie et d'opéra ne sont pas défl-

» nitivement complètes à la date du 15 décembre, le directeur,
» outre les amendes spéciales déterminées par les art. 51 , 54
» et 55 ci-dessus, subira par jour une retenue égale au hui-
» tième des appointements mensuels portés aux traités des
» artistes manquants.

» ART. 57.

» L'orchestre, pour les six mois entiers de l'opéra, sera com-
» posé au minimum de trente-trois musiciens, sans comprendre
» les chefs d'orchestre, ainsi qu'il suit :

» 4 premiers violons,   2 hautbois,
» 4 seconds violons,   2 clarinettes,
» 2 altos,   4 cors,
» 2 violoncelles,   2 trompettes,
» 2 contre-basses,   2 bassons,
» 1 première flûte,   3 trombones,
» 1 petite flûte et 2e   1 timbalier,
   » flûte,   1 grosse caisse.

» ART. 58.

» Les engagements de l'orchestre seront faits ou renouvelés
» chaque année par le directeur. »

Il y aura évidemment des modifications à apporter dans les
conditions et clauses de ce cahier des charges, que je ne puis
donner ici que très-succinctement. D'ailleurs je pourrai le com-
muniquer. C'est un précédent dans une ville analogue, et on
peut en tirer parti, en le modifiant suivant les circonstances et
suivant les besoins de la localité.

4

Ainsi une modification essentielle , c'est de porter à vingt mille francs, au lieu de quinze mille, la subvention , à cause du moins grand nombre de places dans le théâtre de Poitiers , qui sont de 752 , tandis que le théâtre d'Angers en offre 905.

Au besoin, je pourrais citer bien d'autres villes inférieures à Poitiers en nombre et en importance , qui ont un théâtre subventionné.

Enfin ce n'est point là une difficulté sérieuse , et , pour en trouver, il faut être doué de cette aptitude particulière d'en placer toujours et partout.

FIN.

Poitiers. — Typ. de A. Dupré.